신화 바다 대곡천

동인시 **12**

신화 바다 대곡천

인쇄 · 2021년 12월 28일 | 발행 · 2021년 12월 31일

엮은이 · 울산민족문학회
펴낸이 · 한봉숙
펴낸곳 · 푸른사상사

주간 · 맹문재 | 편집 · 지순이 | 교정 · 김수란
등록 · 1999년 7월 8일 제2-2876호
주소 · 경기도 파주시 회동길 337-16(서패동 470-6)
대표전화 · 031) 955-9111(2) | 팩시밀리 · 031) 955-9114
이메일 · prun21c@hanmail.net
홈페이지 · http://www.prun21c.com

ISBN 979-11-308-1883-2   03810

값 15,000원

이 책은 울산문화재단 전문예술단체 지원으로 제작되었습니다.

신화 바다
대곡천

울산민족문학회 엮음

푸른사상
PRUNSASANG

신화의 바다, 반구천

백무산

숲속에 또 하나의 바다가 있습니다
태고의 시간이 잠든 바위처럼 깊고 검은 바다가

깊은 밤이면 먼 바다 고래는
강을 거슬러 오릅니다
달빛에 물비늘 일렁이며
더운 김 하얗게 수면 위로 번지는
검은 강 거슬러 숲속 바다를 찾아오곤 했습니다

이곳은 시간을 삼킨 바다였습니다
나무가 걸어 다니고 바위가 아이를 낳고
사슴들이 노래를 하고 뭇 짐승들이
서로 다른 몸을 주고받으며
하나의 숲을 이루고 살았습니다
사람들은 아직 사람의 이름을 얻지 못했습니다

나누어지지 않았던 몸이었습니다
이 바다는 먼 옛날 고래가 바다로 떠나기 전에
살기도 했던 숲이었습니다

이름이 너와 나를 분리하기 이전의 숲이었습니다
빛과 그림자도 태어남과 죽음도 사람과 짐승도
하나의 몸을 이룬 생명의 바다였습니다
신화가 살아 숨 쉬는 바다였습니다

사람들은 이름을 얻고 나서
숲을 버리기 시작했습니다
저 너머를 발명하고 내일을 발명하고
지금 이곳을 원망했습니다
나와 너를 발명하고
전쟁을 발명했습니다
검은 바람이 하늘을 뒤덮으며 몰려왔습니다
바다는 병이 들고
숲은 불탔습니다

강은 가로막혀 물길이 끊겼습니다
숲속 바다를 찾아온 고래의 등에는
작살이 깊이 박혀 있었습니다
어린 고래들의 울음소리 숲을 뒤흔들었습니다

고요의 바다는 피로 물들었습니다
죽은 사체들이 강을 타고 내려왔습니다
병든 고래들의 신음 소리가
밤마다 인간의 마을에 유령처럼 찾아왔습니다
고래는 오르지 못할 강을 밤마다
거슬러 오르다 지쳐 돌아갔습니다

강을 사이에 두고 두 개의 바다가 있었습니다
뜨거운 심장이 뛰는 바다와
바위처럼 깊고 고요한 바다
생명의 날숨과 들숨처럼
푸르고 검은 대칭의 두 바다가 있었습니다

신화의 꿈은 생명의 꿈입니다
고래는 아직도 고요의 소리를 따라 깊은 밤
강을 거슬러 오릅니다

| 차례 |

이수일, 〈콘크리트 암각화〉

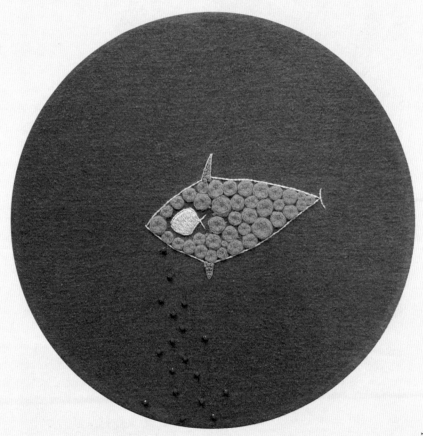

김정임, 〈암각화 속으로〉

출처 : Ulsan Petroglyph Museum, CC BY-SA 3.0 via wikimedia commons
(https://commons.wikimedia.org/wiki/File:Bangudae3.jpg)

천전리 각석 가는 길

강현숙

고라니 지나가는 길
새들 쉬어 가는 곳
뒤돌아보면 아무것도 없는
무애의 걸음으로
이 세상에 온 적 없다는 듯이
이 세상 살지 않은 듯이
훌훌 왔다가 훌훌 져버리는
여름날 저 붉은 백일홍처럼만
살다가 져버렸으면 한다
끝없이 시공간을 탈주하며
어딘가로 흘러가고 싶을 뿐,
굳이 길이어야 했을까
굳이 새겨지는 의미라야 했을까

물속으로 들어간 말을 찾으면 옥색 하늘이 비칩니다*

곽구영

1

풀풀풀 에움길, 여름의 풀숲과 너는 안개의 포로, 산비알을 점령한 칡넌출과 널브러진 안개똥을 밟으며 휘청휘청 오르막 나뭇길을 올라 마당 멀리, 주저 없는 몸비를 손바닥으로 훔치고는 서러운 비탈길 아래로 굽이굽이 암혈도의 사내로 멀어본다. 육십여 년을 오지가 된 자투리 한실에서 가난한 햇살 몇 조각 콧속에 넣고 잠시 자부럼을 피우다 다시 길을 구하며 드디어 너는 마법에 걸린 듯 해금내의 물속으로 덤벼든다. 물벅구와 자맥질을 하며 나아가자, 여기 큰마실 건넌들 서당마실 지통마실이 앉아 사연과 대곡댐의 물고문과 모래채찍을 견디고 있다. 기약 없는 음림(淫霖)이다. 소슬 왕고모할매**가 주는 강냉이밥을 눈물이랑 비벼 먹고 괴이하고 신비한 암벽 아래에 기진한 몸을 던져지듯 누이는데

2

하늬이, 하늬이!,

한 사내가 겸손한 무릎과 팔을 모으며 하늘을 부르니 안개를 벗는 창공이 물수제비와 노는 은나비 떼다. 그러고는 또 *고래, 아 고래애~* 하며 외치는데 참 귀신 향유 혹등 북방긴수염, 여러 고래들이 바다에 흥건하다. 구멍 없는 큰 피리를 부는 비담인 듯한 사내, 허공을 수평으로 가른 아랫도리가 거침없이 우뚝하다. 수사슴이 암컷의 배를 불리고 돼지들은 돼지런한 꿈을 꾼다. 활의 궁륭은 오일장의 대포리처럼 포근하고 느긋한데 흰긴수염고래가 간지러운지 작살로 등을 긁자 고래 사슴 범 돼지 양 여우 늑대 상어 물개 거북과 가마우지, 그물과 울타리 배(船)와 인간이 족히 칠천 년의 축제를 도모 중이다. Cosmic Tree가 하늘까지 무성하고 제의(祭儀)를 이끄는 가슴 부풀고 아랫녘 불룩한 어지자지 넘사벽 사몽shaman, 宇宙木의 거룩한 가지는 그의 큰 손발이 되어 接神의 혼절을 한다. 사몽비몽, 先史人sunshine, 웨어 디어 그리고 그리고 옥색의 울음들,

3

청동의 하늘,

* 차한수의 시 「고추잠자리의 눈」에서 인용.
** 정소슬의 엽편 글 「호랑이 담배 피던 마을, 한실」에서 인용.

그들은 이제

구명자

그들은 이제 바다에서 고래를 잡지 않네
그들의 고래는 물기둥으로 치솟는 아파트였으므로

집채 같은 고래 끌고 오던 노동은 장생포 앞바다 구전으로 떠
돌고
선사의 암각화는 대곡천 물속에서 떠돌고
밍크고래 향유고래 문패를 단 타이태닉호 강남 밤바다를 떠
돌고

뽀얀 젖물을 삼키던 아이들은 파도 대신 붉은 힘줄의 주파수
찾아
모니터 속을 자맥질하고

그들은 이제 바다에서 고래를 잡지 않네
공중누각에 누워 녹슨 바닷물을 게워내고 있을 뿐
제 몸이 물기둥으로 치솟기만을 고대하고 있을 뿐

간극의 세월 버티는 암벽의 고래 떼
흐린 눈 비비며 돌아갈 물길을 찾고 있네

취업 공고판, 반구대

김윤삼

날갯짓으로 시간을 쪼개는 새는 우리를 넘어뜨릴 수 없고, 낡은 시간을 끌고 배가 도착한 시간 앞에 버티지 못해도 쉽게 사라지지 않는다.

어느 날 아침 눈병이 걸려 주술이 든 시약을 넣는 것처럼 붉은 돌로 몸에 지문을 남기기도 하고, 기분 좋은 다른 날은 무리를 지어 남기지 못하는 말들을 몸 표면에 문신으로 남기기도 했다.

살려야 한다고 옮겨 다니면서 밥 먹고 기차 타고 비행기로 날아간 우리는 결국 죽지만, 죽더라도 반달 손톱만 한 안타까움 가지고 부끄러워할 줄 안다.

햇살이 바래지는 오늘 아침, 누군가 소독된 장갑과 마스크를 끼고 수술용 복장으로 다가온다.

탁자 위에 치킨과 맥주를 먹는 사람들은 비스듬히 앉은 채 부동산 이야기를 한다. "그곳은 땅값이 정말 많이 올랐어." 해를 받아 붉은 얼굴로 손사래를 치며 "말하지 마, 그냥 묻고 개발만 되면 금싸라기야. 경치 좋은 곳은 조망권이 돈이야!" 숨을 고르며 단숨에 한 잔 들이켠다.

푸릇한 밤이 되면 대곡천 수면 위로 북극성을 향해 달리기를 하는 귀신고래가 보이고, 작은 목선으로 한쪽 팔을 빼앗긴 채 쫓아가는 외팔이 포수는 눈도 꿈쩍이지도 않고 노려본다.

시간이 변하는 색감에 먹을 것이 달라지고, 그에 따라 끊임없이 사람들은 모이고 흩어지고, 모이고 흩어지고를 파노라마 반복한다.

주변을 둘러보면 모르는 사람들이 하나둘 대나무처럼 쑥쑥 자라 서 있고, 저마다 노동자로 맡은 한 가지 일을 한다. 아버지가 한 일을 아들이 하고 있고, 할머니가 한 일을 손녀가 하고 있다.

쥐락펴락하는 손목을 햇빛은 잡지 못해 7천 년 49일.

새긴 문신을 오늘도 어루만지며, 장갑 낀 손으로 고래의 콧구멍과 호랑이의 이빨, 노동자가 남긴 말을 듣기 위해 숨넘어가는 내 문양의 귀를 간지럽히고 있다.
무사히 집으로 돌아가고 싶다.

그곳에는
— 반구대 암각화

김종원

그곳에 서면 들린다
오랜 세월 불끈 움켜쥔
힘줄의 팽팽함
바람 소리 따라 흔들리며 버티어온
숨 가쁜 삶
그곳에 가면
보인다
무리 지어 달리던
종아리 불끈 힘주고 서서
바라보던 별들
놓치지 않으려고
안간힘 다해 지켜왔던 꿈
그곳에는
그들의 간절함 고스란히 남아 있고
가슴속 깊이 적시는
투명한 숨소리
강바닥을 할퀴며 달려가는 아우성
일어서고, 쓰러져 눕고.

야문 돌 하나 돌팔매 되어

김태수

온몸으로 묵묵히
반구대 바위를 조각(彫刻)하던
야문 돌 하나 오늘
돌팔매 되어 우리들 이마로 날아든다면

무섭다

사연댐을 허물건
임시로 제방을 쌓건, 생전 들어본 적 없는
키네틱 댐*을 만들건

대곡천 물 참방거리며
또 차오르는구나, 숨 막힌다, 숨이 막힌다

지랄같이 변죽만 울리지 말고
제발

막힌 숨통 좀 뚫어다오

* Kinetic Dam : 철골조에 플라스틱 판을 붙여 물을 막는 가변형 댐. 수위 변
  화에 따라 높낮이 조절, 투명한 벽에 햇빛이 투과 이끼를 막을 수 있으나
  2015년 문화재청의 3차례 모의실험이 실패, 막대한 예산만 낭비한 채 사
  업 중단.

그들은 모두 어디로 갔을까

나정욱

밤처럼 까만 바위 앞의 밤의 별을 그려 넣던
그들은 모두 어디 갔을까
어디 갔을까
어디 갔을까

밤을 바위에 새기고 별을 바위에 새기고
낮에는 고래 사냥 호랑이 사슴 멧돼지 사냥하는 법을
들판에 그려놓고
그들은 모두 어디로 갔을까

어디 갔을까
어디 갔을까
밤에 사라지는 별처럼
낮에 사라지는 별처럼
밤이나 낮이나 흘러가는 물처럼
그들은 모두 어디로 갔을까
어디로 갔을까,

밤에 돋는 별처럼
낮에 뜨는 별처럼
바위 앞의 너는 누구인가

바위에 새긴 너희는 어디를 돌고 돌아
바위 앞에 서 있는가
어디를 돌고 돌아
너희는 여기에 서 있는가

네가 새긴 그 바위판이 너의 칠성판이었음을
네 등허리에 돋은 칠성점이 보여주듯
밤처럼 까만 바위 앞에
별에 별을 새기고 있는
너는,

그때 사라진 너는
너희는 다시 이곳 바위 앞에 서 있다.

천전리, 기억의 바위

노효지

비가 내린다
천전리는 기억을 깨우네

기억의 징검다리
물가의 들풀들 수런거린다

내쉬는 숨과
들이쉬는 숨
그 틈 사이에
바위처럼 굳건하게 나무는 서 있다

여자는 매일 나무를 보았다
창가에 서서
아침에도
해 질 녘에도

아무것도 기다리지 않는 것처럼

굳이 기다린 것이 있다면
매일 아침 한 개가 주어지는 믹스커피
그리고 가진 것이라곤

노트 한 권과 볼펜 한 개

물가의 들풀 바람에 흔들리며
흐르는 것은 내가 아니라고 말하네

바위는 비에 젖어서 기억을 펼쳐 보이네
들린다, 소리 없는 소리

글이 글을 써나가듯이
물결이 물소리를 껴안고 흐르는
너럭바위 천전리

벽벽(碧碧)

도순태

사방이 벽벽이다

길 위에 자욱한 이끼의 확장으로 산 아래 푸르고

언덕 돌계단 여러 층 길 만들고

대곡천 푸른빛 안고 반구대로 가는 중이다

이마 내밀어 잠시 머문 그늘 속 천전리 각석

돌 속에 갇힌 그림들 푸르게 낡아

내 기어이 내밀한 언어 만져본다

암석 타법은 기하학적 논리다

가로굽은무늬 가지무늬 겹둥근무늬 단독마름꼴무늬

마름모꼴무늬 새꼴 세겹둥근무늬 세로굽은무늬

건너편 물가에 앉은 마름모꼴 바위 군데군데 푸른 해석 같다

반고사지는 푸름에 숨어 어딘지 불가하고

산과 산을 넘는 오후 나무들 쉴 새 없이 푸르게 솟고

소나무 아래 불편한 바위에 새긴 칠곡(七曲)

아래 소란한 곡류 푸르다

다시 천전리 암각화 앞에서

백무산

다들 어디로 떠나버렸나요
여기 왜 적막한 고요만이 남은 거죠
나는 얼마나 오래 떠돌았나요

바위에 새긴 글들이 바람에 다 지워지도록
기억의 흔적들이 물에 다 씻겨 가버리도록
얼마나 오래 길을 잃고 떠돌았나요
언젠가 돌아올 거라고 믿었나요
돌아오면 찾아오라 바위에 길을 그려두었나요

이것은 물길이고 저것은 산맥입니다
저 너머 어딘가에 터를 잡았나요
저것은 바다이고 이것은 뱃길입니다
이곳을 떠나야 했던 이유가 무엇인가요

그 먼 옛날 아프리카를 떠났듯이
그렇게 검치호랑이 메간테리온을 따라
어머니의 땅을 떠났듯이
해류를 타고 귀신고래를 따라 북해로 떠났나요
이 평화롭던 땅에 무슨 불화가 있었던가요

참혹한 전쟁을 치러야 했나요

힘겹게 일군 행복이 타인에게는 지옥이 되었나요

서로 이해할 수 없는 존재가 되었나요

내일을 발명했나요

다시 얼음이 뒤덮이고 봄이 오지 않았나요

불타는 욕망이 숲을 태워버렸나요

저 너머를 발명했나요

물을 건넜나요 저것은 먼 바다의 섬입니다

저 그림은 아무것도 말하고 있지 않습니다

돌아온 나는 떠난 내가 아닙니다

나는 다른 짐승이 되어 돌아왔습니다

내가 새긴 그림도 알아차리지 못하는,

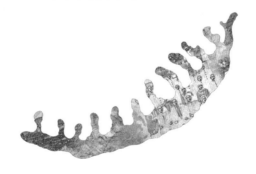

2017년 가을, 반구대 암각화

서 경

반구대 암각화 앞으로
2018 평창 동계올림픽 성화가 지나갔다
때마침 가을이었고 물소리도 덩달아 깊었다

바위에 새겨진 그들을 만나러 가고 싶었다
길은 순하고 부드러웠으며 넉넉했다

크고 넓은 공룡 발자국을 지나
터널을 이룬 대나무 숲길도 지나고
버드나무 자라난 냇가도 만났다

강으로 바다로 다 떠내려 보내지 못한
촘촘한 사연들 바위에 전설로 새겨진 곳

본 적 없는 그들의 삶
꽃을 피우는 일처럼 처절했을까
꽃씨를 뿌리는 손길처럼 설레었을까

나는 오랫동안 물길을 따라 걸었고
물 밑에는 아직 그들이 살고 있다

여나산곡(餘那山曲)

입암 망성 중리 지지 지나
못다 이룬 사랑 찾아 가파른 산길
아으 어디 있을까 나의 여나산(餘那山)은

서석곡에서 은편으로 으스름 달빛 도와
곱디고운 그녀 찾아 힘든 줄 모르고
꿈에서나 그렸던 그의 집 찾아가는 길

잊지 못해 이제나저제나
석삼년을 견디고 또 봄이 되어도
부역 갔다 했지만 답답 혼담은 오가고
아으 어쩌란 말이냐 어쩌란 말이냐

치마끈 불끈 잡은 그녀 부둥켜안고
꿈이런가 마당에는 관솔불 밝다
사흘 밤낮 은편 하늘 미친 듯 떠돌며
만날 때마다 불렀던 그 노래
서석곡에서 아부레미까지 걷고 또 걷고

바위의 씨앗
— 반구대 암각화

송은숙

풍란이 뿌리 내린 팽나무 고목처럼
바위는 씨앗을 품었다
바다거북, 물개, 물고기, 바다새, 백두산사슴, 사향사슴, 노
루, 고라니, 호랑이, 표범, 늑대, 여우, 너구리, 멧돼지 온갖 짐
승들
그 씨앗은 어떻게 자랄까
바위 안에도 뜨겁고 부드러운 돌의 태양이 있어
빛을 따라 허리를 숙인 저 겸허가 바위의 속살을 간질이며 파
고든다
바위 안에도 혀를 적시는 비가 촉촉이 내리는 무릉의 골짜기
가 있어
어미 흑등고래 가슴으로 파고드는 아기 흑등고래처럼
북방긴수염고래, 흑등고래, 참고래, 귀신고래, 범고래, 향유
고래들이 바위의 품 안으로 파고들다가
너른 품에서 바위의 젖을 먹고
어미 귀신고래 등 위에 잠든 아기 귀신고래처럼
바위 안에서 잠들며 기다린다
물보라를 일으키는 대왕고래의 등을 타고 와서
바위 문에 자물쇠처럼 새겨진 주술사의 두 눈을 찌를 자
벼려진 정을 들고 그 긴 잠을 깨울 자를
다시 수만의 세월이 흐른 뒤에

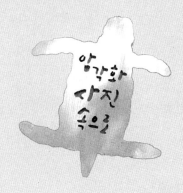

암각화
사진
속으로

중촌댁

줄리댁

암각화 속으로

엄하경

기억나나요, 그날의 고래
살찐 멧돼지 울타리를 고치는 내내
당신은 불온한 주술을 외우고 있었죠
밤 새워 벼린 날선 작살 들고
물길 거슬러 당신이 사냥 떠나던 새벽
제단에 뿌린 사슴의 선지보다 붉은 해무
동해 가득 피어오르기 시작했죠

작살에 허리 꿰뚫린 어린 고래
물살에 쓸려 떠돌 때
떠나지 못하고 맴돌며 부르던
어미 고래의 아픈 노래
바다를 가르던 날카로운 외침
주술에 맞춰 신들린 듯 춤추던
당신의 귀에 닿긴 했나요
고래가 떠난 텅 빈 바다를
오래 오래 떠돌던 당신이 돌아와
무뎌진 작살로 바위에 새긴 마지막 이름
고래!
바위를 거슬러 날아올라요

울산역에서

— 백성 스님의 누비전에 부쳐

이노형

공룡들이
이끼 빛깔로 발자국마다 돌무늬를 새기더니
벼랑은 겹겹 살갗 떼어내
면새김으로 동해를 불렀다
범들의 발톱과 늑대 무리의 숲속을 지나면은
선새김들로도
울산 앞바다며 먼 오호츠크해까지 높게 내걸었다
에고
고래바다는
이 골짝 오래도록 별밭 속에 홀로였네
포은 선생마저 저를 못 알아봐
자왈
한 오백 년이 폭삭하고서야
왜칠에다 양춤 바람까지 풀이 죽고 나서야
다가온 벼랑
지구별은 처음으로 고래등 같은 꿈 아로새겨두었네

사랑, 암각하다

이병길

어디쯤 오고 계시나
손 망원경으로 마중하네

개울 앞마을 지나 베랑길 걸어오시나
도란도란 흐르다 층층 바위 아래
굽이치는 물결 거북이 목 축이는 동네 있으시나
길목 푸르른 대숲 바람은 귀신고래 소리 아니던가

고래는 새끼를 등에 업고
사슴들이 보란 듯 짝지어 노니는 날이네

그대 어디쯤 오고 계시나
그리운 마음 마중 가다
죽어 향기를 남기는 나무처럼
오늘을 바위에 새기네

새긴다는 것은 잊지 않겠다는 것
그대 향해 솟는 불끈 사랑
먼 훗날
가슴보다 단단한 기억을 위해 암각하네

반구대 블루스

이수진

너의 이야기는 멀리 은하수를 향해 간다
정착이 목적이 아니기에
빛이 없어도 앞이 어둡지 않았다
애초에 시간이란 손 뼘으로 잴 수 없어
결국 발목을 잡으며 파도가 쳤다
또 파도가 쳤다 그리고 또 파도가 칠 테다
옹졸하게 우는 것들은 모두 엽서가 되었고
받을 주소를 적지 못한 나는 하루 한 번 밤을 훑는다
여전히 네 별자리를 찾지 못한 채
흐르는 것은 영겁의 암벽 속에 잠들거니 한다
한없는 푸름 속에 언 발이 녹아 모래알이 될 때까지
꽃가지가 사그라들 때까지
아무것도 남기지 않고 스러져버릴 거니 한다
은하수를 걸으면 묻고 싶었다
이야기의 끝을 보았는지
고래를 그리워하지 않았는지

해 질 무렵, 반구대를 듣는다

암각화

이숙희

암벽은 현실이다
추측하는 이야기는 사람마다 다르다
멧돼지 앞에 웅크리고 앉아
손가락 끝을 세워
주둥이 몸통 뒷다리 선을 따라간다
자부심 가득한 그대 돌칼은
직진하는 고래와
물의 속도를 현실감 있게 나타낸다
노 젓는 청년의 어깨는
욕망이 담겨져 있다
암벽에서 생활하는 그대는
부지런히 물길을 조절하고
현실을 전설처럼 전해준다
암벽 앞에 웅크리고 앉아
자부심 가득한 그대 돌그림
현실로 꺼내본다

비가 새긴 그림

이인호

벽만 남은 골목을 걷다
벽에 그린 그림을 본다
그린 그림들이 기린 같아서
목을 늘여 벽 밖으로 목을 내민다

아이들이 골목을 만들던 자리를
초원이라 부르자 비가 오기 시작했다
남은 골목에 그린 그림이 젖어들었고
우린 가슴께부터 젖기 시작했다

쫓겨난 이들이 그린 그림에
가슴에 축축한 그늘이 진다

벽이 없는 초원에서 암각이란
그렇게 젖는 일이었다

반구대 암각화

이제향

고대인들도 게임을 한 걸까
스타크래프트, 리니지, 롤
화려한 그래픽이 바위에 박혀 있다

심해의 협곡에서
울타리는 불완전한 방어막
그물에 걸리고
작살에 찍히고

물의 종족 거대한 고래 무리 너머
호랑이, 멧돼지, 사슴, 야생 부족 연합은
측면 공격의 기회를 엿보고 있는데

누구와 혈맹을 맺을 것인지
마법 지팡이를 확보한 인간은
배를 몰고 멀찍이 나가
유저들의 배틀을 관망하고 있다

선사시대의 밤

임 윤

능선 거닐던 햇살이 실눈으로 그린 노을은
그늘로 치환된 선사 이야기
척추가 휘고 지독한 통증으로 걸음이 무뎌도
고래는 바다를 호랑이는 숲을 기억합니다

출렁거리는 문자로 왁자한 계곡
족쇄를 채우려 안달해도
물고문 일삼고
곡괭이 들이대며 으름장 놓아도
결코 가부좌를 풀지 않을 작정입니다

초저녁부터 옛이야기만 술술 풀어놓습니다
새벽의 윤곽이 뚜렷해질 때까지
아이 웃음소리와
움막에서 흘러나오는 가는 불빛

햇살이 정수리에 닿기 전
풀어놓았던 이야기 거둬들여
바위문은 흔적도 없이 굳게 닫혀버립니다
바위 속으로 빨려든 귀신고래
책갈피를 접고 긴 울음을 바다로 흘려보냅니다

암석으로 가는 암각화

장상관

암각화 앞에서 생각한다

문화유산을 훔치고 역사를 고쳐서라도

우월한 종족으로 치장하려고

기를 쓰는 나라도 있는데

빛나는 문화유산을 이렇게 방치하다니

귀를 기울이지 않아도 들리는데

돌 쪼는 소리 들리고

선사인 한숨 소리까지 들리는데

힘든 생업 내색도 못 하는 가장

어두운 낯빛까지 보이는데

유산은 환대 유물은 천대하는 사람들아

반만년 단일 민족이라고 자랑 말자

한낱 돌 그림이라고

온갖 핑계로 서로 이윤 추구만 했으니

산산이 쪼개진 소수민족

당파싸움에 능한 기회주의 민족이라 하자

대곡천 암각화

정석봉

대곡천 암벽에는
7000년 전 남긴 그림이 새겨져 있다

흘러가는 물과
결코 흘러갈 수 없는 암벽을 바라보며
여기에 갓 자라난 생명들이 살고 있다

흘러가도
흘러가지 않는 것에 터를 잡고 있는 것이다

변하는 것은 변하지 않는 것들에 의지하고
변하지 않는 것은 변하는 것들의 둥지가 되는 것이다

대곡천은 흘려보내는 삶이지만
결국은 흘려보내지 않는 풍경으로 살고 있는 것이다
암각화를 드리운 바위처럼

내일도 오늘처럼

무량한 바위 책입니다

정성희

눈을 감고 반구대 암각화 유구한 시간 속
여행을 떠납니다

범을 쫓던 용감한
작살을 던지던 비장한
사랑을 나누던 간절한
말하지 않아도 듣지 않아도
살아남기 위한 몸짓이었을
세상 부드러운 일상을 담은
단단한 바위 책이 열리고
차례차례 그들을 만납니다
사랑을 나누던 간절함은
내게도 있습니다
새끼 품은 어미 고래가 작살을 피해
먼바다로 떠난 삶도
내게 있습니다
여전히 살아남기 위해 범을 쫓는
물경(勿驚) 무겁고 무량한 바위 책입니다

호랑이 담배 피던 마을, 한실
― 제2 제3의 반구대 암각화 발굴을 고대하며

정소슬

내 고향 망성리에서 고개 하나만 넘으면 한실이다. 거기 왕고모할머니 살고 계셔서 아주 어릴 적부터 아버지 등에 업히거나 손에 이끌려 종종 넘어 다니곤 하였다. 고개 하나라지만 반나절이 더 걸리는 꽤 높고 긴 산길이었다.

할머니 생신이거나 잔치가 있는 날, 먼 산길을 걸어 마을로 내려서면 어김없이 곰방대 톡톡 두들기며 나무 턱에 앉아 계시던 할머니, 담배통에서 주섬주섬 뭔가 꺼내 건네시는데 싯누런 엿이었다. 담배 냄새는 이미 호랑이가 다 채가고 없고 달달한 단내만 입안을 채워오곤 하였다.

좀 자란 초등학생이 되어 찾아갔을 땐 집은 산자락으로 옮겨져 있었고 마당 앞까지 물이 차 올라 찰랑찰랑 신기하였다. 평생 농사만 지으시던 아재는 그새 어부가 되어 계셨고 잡아온 잉어와 장어로 거나한 밥상을 차려주었다.

한실은 크다는 뜻의 '한' 그대로 꽤 큰 마을이었다. 당시 88가구나 살았다 하고 동네 안에 초등학교 분교가 있을 정도였으니 짐작 가고도 남는다.

1962년 1월, 울산이 특정 공업지구로 지정되어 공업용수 확보를 위해 댐(사연댐. 1962년 10월 착공하여 1965년 12월 완공하였음)이 건설되면서 마을 전체가 수몰되고 말았다. 옹기종기 모여 살던 원주민은 대부분 떠나고 12가구가 남았는데 물이 차 오르면서 반이 더 떠나 산 중턱으로 집을 옮긴 6가구만 남게 되었다. 그 중 한 가구가 할머니 집이었던 거다.

밤이면 할머니와 아재께선 호랑이 얘길 종종 하셨는데 나물 뜯으러 나갔다가 으흥 하는 소리에 놀라 돌아보았더니 호랑이였다는 할머니 말씀과, 논일 나가다보면 논두렁에 찍힌 큼지막한 발자국을 숱하게 보았다는 아재 얘기는 어린 우리에겐 살아있는 동화책이었다. 그 동화가 조목조목 그려진 바위 책이 거기 어디 있었다는 얘긴 결코 하지 않으셨다. 일부러 숨겼는지도 모르겠다.

초등학교 5학년 무렵 수몰의 주범 사연댐으로 소풍을 가게 되었는데 까마득 높게 쌓아진 댐의 바윗돌 틈에서 남폿줄 줍는 일로 우린 정신이 팔렸다. 그걸로 별의별 공작물을 만들 수 있었으니까. 인근에 사는 친구들 중엔 그걸로 호랑이와 고래를 만드는 친구가 있었는데 창의력이 뛰어나서일까, 아니면 그 바위 그림을 미리 보았던 걸까? 나는 호랑이도 고래도 본 적이 없어 그들이 알려주기 전까진 그저 상상 속의 동물이었다.

이미 할머니는 돌아가신 지 오래고 아재께서도 요양원으로 떠나셨다는 소문이고 그때 그 친구는 연락할 길이 막막한데, 산업화라는 시대적 명제가 수몰시킨 동화는 언제쯤 수면 밖으로 모습을 드러낼까?

그 날이 온다면 호랑이와 고래가 나란히 앉아 담배를 나눠 피는 모습이라든지, 그들 사이에 태어난 '고랑이'의 그림까지도 보게 될지 모를 일 아니던가, 아니던가, 그 말이다.

그대에게 가는 길
— 망보는 사내

가슴속에 숨어든 길을 따라 그대에게 가는 길

궤도를 이탈한 별 하나가 지난밤 내게로 떨어졌다

대나천 굽이진 길을 따라

솔숲에서 불어오던 바람이 서늘해질 무렵

내 몸속을 돌던 별이 깨어나 바위 속으로 들어가 앉는다

여전히 그대의 오른손은 이마 위에 올려져 있고

긴 세월의 씨앗들이 여기저기 무성한 이야기꽃을 피워도

그대는 늘 앞만 보는 무심한 사내

차르륵 대나무들이 햇살에 몸을 흔들자

바위 속 무심한 그대 뚜벅뚜벅 걸어 나와

내가 사는 세상으로 다시 돌아가라고

오랜 삶에 지친 내 어깨 위에 별을 내려놓는다

그 순간 내 마음속에 숨어 있던 깊고 푸른 우물이 가득 채워

진다

비 오기 전에 시작된 어깨 통증이 바위에 새겨진

그대의 흔적 같아서 나는 그대를 보내기로 했다

그대를 보내고 나니 장마가 시작되었다

물속에서 여전히 그대는 앞만 보고 있다

기억하다

조 숙

파도와 파도 사이에
사람과 사람 사이에
바다와 협곡 사이에
잡는다와 잡히는 사이에
귀신고래와 젖먹이 고래 사이에
그물과 그물 사이에
바위와 바위 사이에
햇살과 바람 사이에
보는 것과 보이는 것 사이에
그 시간과 지금 사이에
새김과 새김 사이에
오월과 오월 사이에
밤과 새벽 사이에
손과 손바닥 사이에
읽는다와 읽는다 사이에

강물에 갇혀
— 천전리에서

조숙향

네 뒤로 강이 흐르고
눈빛 따뜻한 바위가 오래도록 살아 있다
그곳에서 살았던 공룡은 떠났다

답답한 날이면 그 곁을 걸었다
공룡이 시간 속을 헤치며 나타날 거 같은 예감,
시기를 놓쳐버린 일기예보가
비를 몰고 왔다
비는 바람을 부려놓고
뒤집혀진 우산을 끌고 다녔다
제발이라는 말은 흘리지 않기로 했다
예측할 수 없는 불안감이
길을 묻고 물었다
끊임없이 강 따라 이어지는 빗줄기가
바위에 박힌 공룡의 발자국처럼
수면 위에 물무늬를 그리고 있었다
세찬 물무늬가
네게서 떠나버린 공룡의 뒷모습처럼 다가온 아침이라니,
그런 날이면 종일
물속에 갇힌 공룡의 슬픈 눈을 들여다보아야 했다

차라리 공룡이 살았던
낡은 아침으로 다가왔다면
강을 따라 끝없이 흘러갔을 것이다

오래된 달력

황주경

시골집에 벽지를 뜯다가 발견한 빛바랜 달력
40년 전에 아버지가 깨알 같은 글씨로 내게 말을 걸어 왔다

전에 없이 더운 8월 말복 날이었제
외양간의 황소가 더위를 먹고 자빠져버렸제
집안의 대들보가 뽑힌 듯 식겁을 하고
우물에서 시원한 물을 길어와 먹이고 멱을 감겨도 안 일어나
는 기라
할 수 없이 술도가에 가서 받아온 막걸리 반 말에
콩죽을 섞어 먹였더니
그제야 소가 벌떡 일어났제
소가 더위 먹었을 때는 막걸리가 특효약인기라

탁본을 하듯 휴대폰 꺼내 사진 찍으려는데
달력 속에서 들려오는 우렁찬 황소 소리, 아버지의 고함소리
그달 말일 아버지는 소 쟁기질로
앞 논에 도랑을 쳤다

각서, 각식, 각석의 변주
— 나 잡아봐라!

박기웅

처음으로 가보는 길, 길은 굽이굽이 산을 타고 흐른다. 굽잇길을 돌 때마다 곳을 알리는 알림판이 보인다. 글자가 보이면 읽는 게 버릇. 천전리 각서! 웃음이 나온다. 각서라니, 고개를 갸웃하다가 다시 웃는다. 읽어보니 제법 그럴듯하다. 각서도 쓰고, 각석도 여러 가지 마음을 그리고 쓰는 일이니 거기서 거기라는 생각이 든다. 가고자 하는 곳의 앞 세 글자는 같으니 그냥 간다. 높낮이가 다른 울퉁불퉁한 길은 시간을 뛰어넘듯 이어진다. 각서와 각석은 받침 하나 차이인데 내겐 겁의 세월만큼 길고 길다. 곁을 내어주지 않는 타인처럼 낯선 길을 따라 다시 나선다.

처음 가보는 길은 갈 때와 올 때의 길이가 다르다. 갈 때가 더 길다. 오르락내리락하는 길이 두 갈래로 바뀌는 즘에 이정표가 다시 보인다. 천전리 각식! 다시 웃음이 번진다. 그렇지만 앞선 웃음과는 조금 결이 다르다. 거푸 일어나는 일 앞에서 뭔가를 따지기 좋아하는 분석 본능(?)이 꿈틀댄다. 내가 알지 못하는 조화가 일어난 것 같은데 그것을 알아채지 못하는 내 얕은 마음 때문에 조바심이 난다. 몇 번을 보고 듣고 생각했지만 잡히지 않는 각석은 내 것이 되지 않는다. 남다른 뜻을 찾아 연연하는 나는 각석에 닿을 수 있을까? 무엇을 보러 가는가? 무엇을 느끼러 가는가? 왜 꼭 무엇을 찾아야 하는가? 올 때까지 무작정 기다릴 자신은 있는데 아무도 뭐라고 하지 않지만 스스로 보챈다. 무리에서 이탈하지 않으려면 척해야 한다. 아는 척, 깨달은 척, 느낀 척! 척척척! 입에서 단내가 난다. 머릿속에서 시작한 썩은 내가 바람을 타고 진동한다.

길은 계속된다. 이쪽 산에서 시작한 빛은 어느새 다른 산등성이를 지난다. 이쪽을 비치던 햇살은 다른 곳의 음영으로 자리 잡는다. 모든 것이 두 가지 빛깔이다. 해가 빛이 닿는 모든 곳은 하얗게 보이고, 빛이 닿지 않는 모든 곳은 검다. 시간을 뛰어넘으면 한꺼번에 하얀 모든 것과 검은 모든 것을 볼 수 있을까?

언젠가 휴먼 스케일을 뛰어넘는 건물과 공간 앞에서 길을 잃었을 때가 떠오른다. 미로처럼 내 눈길을 막던 구조물, 좀처럼 나타나지 않던 지름길, 하늘조차 보이지 않아 두려웠던, 그 이름 모를 거대함에 자지러졌던 옛 기억이 다시 나를 짓누른다. 공간의 의미를 내치는 것은 나인가? 시간인가? 아니면 둘

다인가? 상념에 사로잡힌 채 길을 간다. 계속 간다. 하늘만 보이는 길이 이어진다. 아직 길은 멀다.

마지막 이정표는 각석이다. 마침내 도착이다. 물소리가 들리는 작은 내를 건너 오솔길을 지나 각석 앞으로 간다. 내 그림자가 발밑에 국궁하듯 가깝다. 발걸음 소리가 잦아들고 각자의 눈길이 바위에 머무는 동안 침묵이 다가온다. 작은 숨을 내쉬며 가만가만히 각석을 바라본다. 수천 년을 버틴 바위는 이끼 하나 없이 깔끔하다. 역시 관리의 힘이다. 누군가 내 머릿속도 이렇게 깔끔하게 관리해주면 좋겠다고 생각하다가 이내 고개를 젓는다. 이런 식의 정리는 누구를 위한 것인가? 무엇이든 제대로 한다는 것은 얼마나 어렵나? 여럿의 마음을 얻는 일은 애당초 불가능한 일. 그저 훼손하지 않고, 길이길이 남을 방법을 찾고 또 찾는 수밖에.

이번엔 뭔가 다른 혜안이 왔으면 좋겠다는 부질없는 생각을 뒤로하고 찬찬히 살핀다. 누군가의 손길이 머문 천전리 각석은 내 눈길을 거쳐 흘러간다. 오늘도 부유하는 마음처럼 각석의 그림은 종잡을 수 없다. 누군가의 해석, 아무개의 연구, 짜 맞춤이 문득문득 왔다가 사라진다. 수많은 그 뜻은 아직 내게 오지 않는다. 자국을 남기지 않는 빛처럼 하얗다.

각석에서 떨어진 기역자 받침. 각석에서 떨어진 점 하나는 지금 어디를 헤매는 중일까? 휘날리는 받침, 모음을 찾아 이리저리 고개를 돌리지만 아직은 보이지도 잡히지도 않는다. 바람에 떠돌다가 혹은 물길에 휩싸이다가 문득 내게로 왔으면 싶다.

바위그림을 그릴 때, 바위와 맞선 딱 그만큼의 힘으로 바닥을 눌러본다. 손가락에서 문득 기억 받침이 솟는다. 각석이 떨어뜨린 모음을 밟아 휘청거리는 순간, 각석이 내게 외친다.

"나 잡아봐라!"

산문   도착한 날

이동고

여명이 밝아오자 그들이 탄 배는 안개 자욱한 기름진 강어귀로 접어들었다.

문수산은 산정만 섬처럼 보였고 조금 더 강을 오르자 멧돼지를 닮은 듯한 산이 그들을 반겼다.

배가 지나가자 여기저기 수면 곳곳에 물고기들이 힘차게 뛰어올랐다.

강에는 고래 등짝들이 구릉처럼 넘실거리고 있었다.

애기 고래 여러 마리가 자맥질을 하고 있었다. 더 올라가자 깎아지른 절벽에 시퍼런 물이 깊었고 건너편은 갈대로 뒤덮인 질퍽한 땅들이 안개 속에 아득했다. 느릿한 새들이 낯선 이들의 방문에 놀라 '꺅' 하며 날아올랐다.

그들은 이 땅이 자신들이 정착해야 할 터임을 직감했다.

참사람들은 죽음을 각오한 험한 뱃길에 절실한 기도를 들어준 신이 내린 땅이라 모두 믿었다.

그들은 기이하게 선 큰바위를 지났고 흙이 차곡차곡 쌓여 단층을 이뤄 병풍 같은 절벽도 거슬러 올랐다. 물길이 만나는 곳에 배가 잠시 멈췄다.

부족장이 오른쪽을 가리켰고 배가 더 오르니 좁고도 깊은 협곡이 나왔다.

날은 벌써 어둑어둑해지고 하늘은 붉게 빛나고 있었다.

그곳은 자신들이 처음 밟은 신성한 장소였고 이 날을 축복하는 제를 지내기 좋았다.

부족장이 지팡이를 치켜들자 참사람들은 동시에 '와' 하고 소리쳤고 울림은 신이 응답하는 것처럼 느껴졌다. 신을 부르는 연기와 모닥불을 피웠고 모두 둥글게 앉았다. 푸르른 연기가 계곡을 따라 낮게 깔려 나갔고 더 성스러운 분위기가 되었다. 발 빠른 이들은 벌써 물고기를 잡아 두릅 엮듯이 들고 왔다.

숯불에 올려놓자 아이들 여자들 모든 얼굴에 웃음꽃이 피기 시작했다.

누군가 흰개미가 파먹은 통나무를 구해왔고 튼실한 나뭇가지를 주워 와 두드렸다. 덩덩 따다닥딱. 덩덩 따다닥딱. 누군가는 납작한 나무를 칡껍질에 매달아 빙빙 돌리니 바람신이 응답하듯 웅웅거렸다. 여자들과 아이들은 개울로 내려가 둥근 돌을 주워왔고 바위를 두들겼다. 큰 아이들은 침 이파리를 단 가지를 위아래로 휘젓자 쏴쏴 소리가 났다.

　　목청 좋은 여자가 나와 길고 험난한 여정을 담은 노래를 구성지게 불렀다.

　　까만 우주를 배경으로 수많은 별들이 내려다보고 있었고 그 옆 자른 듯한 바위는 붉게 너울거리며 빛나고 있었다. 기도에 응답한 신이 내려준 생명체를 참사람들은 벽에 하나둘 새기기 시작했다.

강현숙　경남 함안 출생. 2013년『시안』신인상으로 작품 활동 시작. 시집
　　　　『물소의 춤』출간.

곽구영　경남 고성 출생. 2008년『열린 시학』으로 작품 활동 시작. 시집
　　　　『그러나 아무 일 없이 평온한』외 1권 출간.

구명자　경기도 파주 출생. 2019년『시산』신인상으로 작품 활동 시작.

김윤삼　시집『고통도 자라니 꽃 되더라』출간.

김종원　1986년『시인 4집』「시인이여, 시여」로 작품 활동 시작. 시집『길
　　　　위에 누워 자는 길』외 4권 출간.

김태수　1949년 경북 성주 출생. 1978년 시집『북소리』로 작품 활동 시작.
　　　　시집『외가 가는 길, 홀아비바람꽃』외 4권, 시창작 지도서『삶에
　　　　밀착한 시 쓰기』, 시인론『기억의 노래, 경험의 시』출간.

나정욱　충남 보령 출생. 1990년『한민족문학』창간호에「실습시간」외 2
　　　　편 시로 작품 활동 시작. 시집『라푼젤 젤리점에서의 아내와의 대
　　　　화』외 2권 출간.

도순태　경북 경산 출생. 2009년『국제신문』신춘문예 당선. 시집『난쟁이
　　　　행성』출간.

박기눙　2013년『무등일보』단편소설 부문 당선으로 작품 활동 시작. 장
　　　　편소설『시간의 춤』외 소설집 1권 출간.

백무산　경북 영천 출생. 1984년『민중시』로 작품 활동 시작. 시집『이렇게
　　　　한심한 시절의 아침에』외 3권 출간.

서 경 경남 남해 출생. 2013년 『신라문학대상』 시 부문 당선.

손인식 경남 삼랑진 출생. 1990년 『충무문학』으로 작품 활동 시작. 2005
      년 『시사사』 신인상. 시집 『갈대꽃』 출간.

송은숙 대전 출생. 2004년 격월간지 『시사사』로 시, 2017 계간 『시에』로
      수필 작품 활동 시작. 시집 『얼음의 역사』 외 1편, 산문집 『골목은
      둥글다』 출간.

엄하경 부산 출생. 2003 『시사사』 신인상. 시집 『내 안의 무늬』 출간.

이노형 서울대 문학박사(1992). 울산대 국어국문학부 교수(1991~ 2016),
      시 창작 활동.

이동고 경남 합천 출생. 『울산저널』에 「식물인물학」 2년 연재.

이병길 경남 안의 출생. 1998년 『주변인과 시』로 작품 활동 시작. 산문집
      『통도사, 무풍한송 길을 걷다』 외 1권, 공동시집 『달항아리 속에
      담긴 시(詩)』 출간.

이수진 전북 남원 출생. 2017년 『창작21』로 신인상. 2020년 김유정신인
      문학상 동화 부문 당선.

이숙희 경북 경주 출생. 1986년 『한국여성시』 등에 시 발표로 작품 활동
      시작. 2015년 제11회 울산작가상 수상. 시집 『바라보다』 외 1권
      출간.

이인호 서울 출생. 2015년 『주변인과문학』 작품 활동 시작. 시집 『불가능
      을 검색한다』 출간.

이제향 울산 울주 출생. 2004년 계간『시세계』로 작품 활동 시작.

임 윤 경북 의성 출생. 2007년 계간『시평』작품 활동 시작. 시집『서리
　　　 꽃은 왜 유리창에 피는가』외 1권 출간.

장상관 경남 창녕 출생. 2008년『문학선』으로 작품 활동 시작. 시집『결』
　　　 출간.

정석봉 2010년『시안』으로 작품 활동 시작.

정성희 경북 영천 출생.『모던포엠』으로 작품 활동 시작.

정소슬 울산 출생. 2004년『주변인과시』로 작품 활동 시작. 시집『걸레』
　　　 외 2권 출간.

조덕자 경남 하동 출생. 1997년『심상』신인상 작품 활동 시작. 제1회 울
　　　 산작가상 수상. 시집『길·묘연』외 2권 출간.

조 숙 2000년 경남신문 신춘문예 시 부문 당선으로 작품 활동 시작. 시
　　　 집『유쾌하다』외 1권, 글쓰기 지도서『안단테 안단테』외 1권 출
　　　 간 출간.

조숙향 강원도 강릉 출생. 2003년『시를 사랑하는 사람들』로 작품 활동
　　　 시작. 시집『도둑고양이 되기』출간.

황주경 경북 영천 출생. 제9회『문학21』문학상(시 부문) 수상으로 작품 활
　　　 동 시작.『문학과창작』신인상. 시집『장생포에서』출간.

구정회 〈조국의 산하, 통일염원미술, 농민미술, 여성과현실전〉, 〈세월호
　　　 끝나지 않은 노래〉, 〈한국전쟁 70주기 보도연맹 아트프로젝트〉
　　　 외 국내외 단체 초대전 350여 회.

이수일 〈별을 품은 반구마을전〉, 〈바위그림 유라시아 길을 묻다전〉, 〈선
　　　 바위에 마실 온 아홉이야기전〉 외 단체전 다수 참여.

김정임 〈바위그림 유라시아 길을 묻다 출판 미술전〉, 〈한국전쟁 70주기
　　　 보도연맹 아트프로젝트〉, 〈현실, 사연을 통하다〉 외 단체전, 기
　　　 획전 다수 참여.

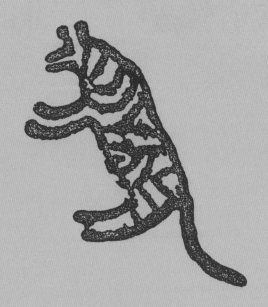